720

Christine Nöstlinger
MINI ist verliebt

Christine Nöstlinger wurde 1936 in Wien geboren. Nach dem Abitur studierte sie an der dortigen Kunstakademie und schrieb für Tageszeitungen und Rundfunk. 1970 erschien ihr erstes Kinderbuch ›Die feuerrote Friederike‹ (dtv junior 7133). Seitdem gehört sie zu den erfolgreichsten Kinder- und Jugendbuchautoren der Gegenwart. Ihre Bücher wurden mit vielen Preisen ausgezeichnet.
Weitere Titel von Christine Nöstlinger bei dtv junior: siehe Seite 4

Christiana Nöstlinger, geboren 1961 in Wien, illustriert seit vielen Jahren, nicht nur die Bücher ihrer Mutter.

Christine Nöstlinger

Mini ist verliebt

Mit Zeichnungen von Christiana Nöstlinger

Deutscher Taschenbuch Verlag

Von Christine Nöstlinger sind außerdem
bei dtv junior lieferbar:
Die feuerrote Friederike, dtv junior 7133
Ein Mann für Mama, dtv junior 7307
Der Denker greift ein, dtv junior 70164
Konrad oder Das Kind aus der Konservenbüchse,
dtv junior 70511
Rosalinde hat Gedanken im Kopf, dtv junior 70674
Susis geheimes Tagebuch/Pauls geheimes Tagebuch,
dtv junior 70303
Echt Susi, dtv junior 70406
Liebe Susi! Lieber Paul!, dtv junior Lesebär 7577
Weitere MINI-Bände von Christine Nöstlinger:
siehe Seite 68

Ungekürzte Ausgabe
In neuer Rechtschreibung
Februar 2003
Deutscher Taschenbuch Verlag GmbH & Co. KG, München
www.dtvjunior.de

Umschlagkonzept: Balk & Brumshagen
Umschlagbild: Christiana Nöstlinger
Gesetzt aus der Futura 15/20'
Gesamtherstellung: Kösel, Kempten
Printed in Germany · ISBN 3-423-70749-6

Die Mini Zipfel ist acht Jahre alt. Sie hat rote Haare und auf der Nasenspitze drei Sommersprossen.

Und sehr dünn und sehr groß ist sie.

Sie ist genauso groß wie ihr Bruder Moritz. Obwohl der zehn Jahre alt ist.

Und ihre Freundin Maxi reicht ihr nur bis zum Kinn. Aber auch bloß dann, wenn sie auf den Zehenspitzen steht!
Früher war die Mini unglücklich über ihre »Mega-Länge«. Seit sie in die Schule geht, ist sie das nicht mehr. Weil in ihrer

Klasse viele Kinder »Mega-Länge« haben. Und die Maxi sagt auch oft: »Ich gäbe viel drum so groß wie du zu sein!« Darum ist die Mini jetzt nicht mehr traurig, wenn der Moritz »lange Latte« zu ihr sagt. Oder »Bohnenstange«. Oder »Giraffen-Baby«. Dann denkt sie: Er ist neidisch auf meine Mega-Länge!
Dass der Moritz gern größer wäre, hat die Maxi der Mini erklärt. Sie hat gesagt: »Warum latscht er denn in so komischen Schuhen mit dicken Sohlen rum? Warum sprayt er sich denn die Haare zu einer Turmfrisur hoch?«
»Findet er cool«, hat die Mini geantwortet. Die Maxi hat drauf gesagt: »Schnecken, das tut er nur, damit er um ein paar Zentimeter größer ausschaut!«
Die Mini und die Maxi sitzen in der Schule nebeneinander, meistens sind sie

auch am Nachmittag zusammen. Ist Minis Mama daheim, kommt die Maxi zur Mini. Arbeitet Minis Mama im Reisebüro, geht die Mini zur Maxi.
Die Mini ist gern bei der Maxi. Sie mag die Maxi-Mama. Maxis große Schwester ist auch lieb. Außerdem hat die Maxi einen Hund. Wuzel heißt er. Der liebt die Mini.
Einmal, am Freitag, sagte die Maxi in der Schule zur Mini: »Meine Cousins aus Tulln übernachten heute bei uns. Weil die Tante und der Onkel auf ein Fest gehen.«
»Dann komme ich heute nicht zu dir«, sagte die Mini. »Damit ich nicht störe.«
»Spinnst?«, rief die Maxi. »Mit dir zusammen stehe ich die zwei besser durch.«
»Wie alt sind sie denn?«, fragte die

Mini. Die Maxi sagte: »Der Tini und der Luki sind zehn Jahre alt.«
»Toll!«, rief die Mini. »Zwillinge!«
Die Maxi erklärte der Mini, dass die Cousins keine Zwillinge seien, nicht mal »echte« Brüder. Der Tini sei der »echte« Sohn ihrer Tante und die habe vor vier Jahren den Papa vom Luki geheiratet.

Als die Mini am Nachmittag zur Maxi kam, sah sie zuerst den Luki. In der Küche saß er, las in einem dicken Buch und stopfte Gugelhupf in den Mund. Er war ziemlich klein und kugelrund, hatte Segelohren und eine Knopfnase und Hamsterbacken.

Der Tini lag im Wohnzimmer auf dem Sofa. Genau so schaute er aus, wie sich Mini den Märchenprinzen vorstellte, der das Dornröschen wachgeküsst hatte! Blonde Locken hatte er und leberblümchenblaue Augen. Und sehr schlank und sehr groß war er.

Der Tini musterte Mini vom Scheitel bis zu den Zehenspitzen. Dann sagte er: »Hallo, Süße!«
Die Maxi rief giftig: »Sie heißt nicht Süße, sie heißt Mini.«
Der Tini seufzte und fragte die Mini: »Wie hältst du diese Keifen als Freundin aus?«
»D-d-die Maxi ist k-keine Keifen«, stotterte die Mini. Während sie stotterte, lief ihr Gesicht pfingstrosenrot an.
»Mit mir keift sie dauernd!« Der Tini streckte und reckte sich. »Ich habe heute noch nicht trainiert. Wo kann man hier laufen?«
Die Maxi sagte spöttisch zur Mini: »Er ist der künftige Sechzig-Meter-Weltmeister!«
Der Tini sprang vom Sofa auf. »Zuerst mal werde ich Schulmeister, dann Landesschulmeister und vielleicht –«

Die Maxi unterbrach ihn: »– und vielleicht als Draufgabe noch Landes-Ober-Angeber!«
»Im P-p-park kannst laufen«, sagte die Mini. »Und wo ist der?«, fragte der Tini.
Die Mini schwieg. Aus Angst, wieder zu stottern.
Die Maxi antwortete statt ihrer: »Wir führen dich hin, damit du nicht verloren gehst.«
Sie holte die Leine vom Wuzel und gab sie Mini. Wenn die Mini da ist, lässt sich der Wuzel nur von ihr ausführen. Nimmt wer anderer die Leine, legt er sich auf den Boden und stellt sich tot.
Die Maxi rief zur Küche hin: »Luki, wir gehen in den Park. Kommst mit?«
»Nein!«, rief der Luki aus der Küche.
Der Tini sagte zur Mini: »Er hat Pudding in den Beinen. Drum spart er sich jeden unnötigen Schritt.«

Und die Maxi sagte zur Mini: »Dafür haben gewisse Leute Stroh im Kopf. Drum sparen sie sich sogar jeden nötigen Gedanken!«
Dann schaute sie die Mini besorgt an und fragte: »Hast was?«
»Nein«, sagte die Mini.
Aber das war gelogen.
Ganz durcheinander war die Mini!
Weil mit ihrem Bauch etwas nicht stimmte, seit sie ins Wohnzimmer gekommen war und den Tini auf dem Sofa erblickt hatte! Ein merkwürdiges Gefühl hatte sie im Bauch. Es rumorte drin. Aber anders als bei Darmgrippe und Durchfall. Und da war der Mini eingefallen, was Maxis große Schwester unlängst gesagt hatte.
Die hatte gesagt: »Wenn man verliebt ist, hat man Schmetterlinge im Bauch!«

Und in Minis Bauch ging es zu, als ob dort ein ganzer Schwarm Schmetterlinge wild flatterte! Und wenn sie der Tini ansah, wurde sie rot im Gesicht! Und wenn sie etwas zu ihm sagte, stotterte sie! Das konnte nur heißen, dass sie sich auf den ersten Blick in ihn verliebt hatte!
Die Mini dachte: »Cool bleiben, nichts anmerken lassen, Nerven behalten!«

Immer im Kreis rum dachte sie das. Bis die Maxi rief: »He? Schläfst du im Stehen?«
Dann stolperte sie, mit dem Wuzel an der Leine, hinter der Maxi und dem Tini her, aus der Wohnung, die Treppe runter, zum Haustor raus, dem Park zu.
Weil der Wuzel oft stehen blieb, um rumzuschnüffeln, konnte die Mini mit der Maxi und dem Tini nicht Schritt halten. Bald war sie einen Häuserblock hinter ihnen.
Das war ihr recht.
Sie dachte: Vielleicht beruhigen sich die Schmetterlinge, wenn sie den Tini eine Zeit lang nicht sehen!
Mit der Idee hatte Mini kein Glück.
Solange sie mit dem Wuzel allein war, gaben die Schmetterlinge Ruhe, aber als sie zum Park kam und den Tini am Zaun

lehnen sah, flatterten die Biester wieder rasant.
Der Tini rief: »Süße, die Maxi behauptet, du rennst windhundschnell!«

»Na klar weißt du das!«, rief die Maxi. »Du rennst sogar schneller als der Ferdinand und der ist der schnellste Läufer der vierten Klassen!«
»N-nur weil ich so lange B-b-beine habe«, sagte die Mini. Und gern hätte sie

hinzugefügt, dass sie aber noch nie mit einem Windhund um die Wette gelaufen sei, also keine Ahnung habe, ob sie windhundschnell renne. Aus Angst, wieder zu stottern, sagte sie es nicht. Außerdem interessiert die Mini nicht, ob sie windhundschnell laufen kann. Sie läuft nicht gern. Sie findet Laufen fad.
Was man gut kann, muss man noch lange nicht gern tun!

Die Mini dachte: Vielleicht werden die blöden Bauch-Schmetterlinge beim Rennen so durcheinander gebeutelt, dass sie vor Schreck zu flattern aufhören! Und wenn ich renne, muss ich nicht reden und brauche nicht zu stottern!
Also nickte die Mini und stellte sich neben dem Tini auf. Und die Maxi zählte: »Eins – zwei – drei – los!«
Die Mini und der Tini flitzten nebeneinander ab, der Wippschaukel auf dem Spielplatz zu.
Zuerst blieb der Tini dicht neben der Mini. Dann keuchte er knapp hinter ihr her.
Die Mini war vor dem Tini bei der Wippschaukel.
Sie hatte schon beide Hände auf dem Schaukelbrett, als der Tini erst einen Arm danach ausstreckte.

»Ach so«, sagte die Mini und freute sich, dass sie zwei Wörter zum Tini gesagt hatte ohne zu stottern.
Der Tini zeigte auf einen Kastanienbaum.
»Bis dorthin sind es sechzig Meter!«
»OK«, sagte die Mini und stellte sich wieder neben dem Tini auf.
Der Tini winkte Maxi. »Komm her!«, rief er. »Wir müssen den Lauf wiederholen!«

Langsam zockelte die Maxi an.
»Es war nicht die richtige Strecke«, sagte Mini zu ihr. »Er ist auf sechzig Meter trainiert!«
»Na schön«, seufzte die Maxi. Dann zählte sie wieder: »Eins – zwei – drei – los.«
Die Mini und der Tini sausten dem Kastanienbaum zu und die Mini war wieder zuerst am Ziel.

Aber nun, sagte der Tini, unterschätze er sie nicht mehr. Wenn sie jetzt zur Wippschaukel zurückliefen, werde er siegen!
Die Mini hatte keine Lust auf einen dritten Lauf. Weil sie sicher war, dass sie auch den gewinnen würde.
Und dass ihr »Dornröschenprinz« ein sehr schlechter Verlierer war, merkte sie ihm an!
Sie sagte: »Eigentlich reicht es mir.«
»Aber mir nicht!«, rief der Tini. »Jetzt geht es richtig los. Und wir wetten um eine Portion Birne Helene im Eis-Salon! Der Verlierer lädt den Sieger ein!«
Mini wusste nicht, was sie nun tun sollte.
Zur Schaukel rennen und gewinnen? Da würde der Tini stocksauer sein!
Den dritten Lauf verweigern? Da würde er auch stocksauer sein!
Da fiel ihr ein:

Der Maxi, dachte sie, sage ich, dass ich Seitenstechen gekriegt habe und deswegen langsam geworden bin. Die versteht sicher nicht, dass ich absichtlich verlieren wollte.
Der Tini streckte Mini die Hand hin. »Schlag ein«, bat er. Mini griff nach seiner Hand.
»Topp, die Wette gilt«, rief der Tini, ließ Minis Hand los und zog mit einer Schuhspitze eine Startlinie in den Kies.

Zur Maxi sagte er: »Das waren bis jetzt nur die Probeläufe!«
Die Mini und der Tini stellten sich hinter der Linie im Kies auf.
»Seid ihr so weit?«, fragte die Maxi.
Die Mini und der Tini nickten.
Die Maxi zählte »Eins –«, da fiel der Mini ein: Ich hab kein Geld!
Die Maxi zählte »– zwei –«, die Mini dachte: Ich kann keine Birne Helene bezahlen!

Die Maxi zählte »– drei –«, die Mini dachte: Wer eine Wette nicht hält, ist schuftig und mies!
Die Maxi rief »– los!«, die Mini dachte: Ich will nicht, dass mich der Tini für schuftig und mies hält! Und mich verachtet! Also muss ich leider gewinnen!
Dann flitzte die Mini blitzschnell drauflos. So schnell wie noch nie im Leben rannte sie. Sicher windhundschnell! So schnell, dass die Kiesel nach allen Seiten wie wild wegspritzten und hinter ihr eine riesige Staubwolke war. Und in der Staubwolke jappelte der Tini.
Die Mini saß bereits schnaufend auf der Schaukel, als der Tini ankam und keuchte: »Heiliger Bimbam, du bist toll!« Stocksauer schaute er schon, aber bewundernd auch.
Jedenfalls kam das der Mini so vor. Sie

war sehr erleichtert. Der Tini holte seine Geldbörse aus der Hosentasche und öffnete sie.

»Ich hoffe, das reicht für eine Birne Helene im Eis-Salon«, sagte er.
»Ich geh doch nicht allein Eis essen!«, rief die Mini. Sie zählte die Münzen ab.
»Das reicht für drei Tüten Eis. Und dazu noch für eine Waffel für den Wuzel!«

Zuerst zierten sich der Tini und die Maxi. Der »Gewinn« stehe Mini zu, sagten sie. Sie hätten kein Recht, mitzunaschen.

Aber lange brauchte Mini nicht, um sie zu überreden. Zehn Minuten später saßen sie zu dritt auf der Bank vor dem Eis-Salon und schleckten Himbeer-Zitrone. Der Wuzel hockte vor der Bank und schnappte nach Waffel-Ecken, die Mini ihm zuwarf.

»Was unternehmen wir jetzt?«, fragte der Tini, als sie mit dem Eis-Essen fertig waren und sich die Finger abgeschleckt hatten.
»Wir gehen heim!«, rief die Maxi. »Der Luki wartet auf uns. Wir haben ausgemacht, dass wir mit ihm Malefiz spielen.«
»Ich habe keine Lust auf Malefiz«, sagte der Tini. »Das ist ein blödes Spiel!«
»Du hast es ihm versprochen«, rief die Maxi.
Der Tini schaute die Mini an. Sehr leberblümchenblau. Das regte Minis Bauch-Schmetterlinge auf. Sie flatterten wieder rasant. »Hast du Lust auf Malefiz, Süße?«, fragte er.
Die Mini spielt sehr gern Malefiz. Aber der leberblümchenblaue Tini-Blick ließ nicht zu, dass sie das sagte. Sie sagte

lieber: »Ich habe auch keine Lust auf Malefiz!«

Die Maxi schaute Mini böse an und riss ihr die Hundeleine aus der Hand. Der Wuzel wollte bei Mini bleiben. Die Maxi zerrte an der Leine. Der Wuzel stemmte die Pfoten fest in den Boden und war nicht vom Fleck zu bringen.

»Blöder Hund«, rief die Maxi. »Bist hier nicht gefragt! Die Süüüüüüüße hat keine Zeit für dich!« Sie packte den Wuzel, hob ihn hoch und trug ihn weg.
»Na«, fragte der Tini. »Ist sie eine Keifen?«
»Ich weiß nicht, was sie hat«, sagte die Mini und lehnte sich an den Tini.
»Gut, dass sie abdampft«, sagte der Tini.
Die Mini schämte sich ein bisschen. Schließlich war die Maxi ihre beste Freundin. Und die beste Freundin soll man immer verteidigen!
Aber die Mini wollte um nichts auf der Welt mit dem Tini Streit anfangen.
Außerdem hatte sich die Maxi echt dumm aufgeführt!
Den Wuzel »blöd« schimpfen, gehässig »Süüüüüße« sagen und davonrennen, das war doch plemplem! Warum war sie plötzlich so?

Die Mini und der Tini blieben auf der Bank sitzen, bis zwei Mädchen mit Eistüten kamen und zu ihnen sagten: »Macht euch nicht so breit, wir wollen uns auch hersetzen.«
Die Mini und der Tini standen auf.

»Kommst mit zur Maxi?«, fragte der Tini.
»Lieber nicht«, sagte die Mini. Obwohl sie gern noch mit dem Tini zusammen gewesen wäre. Aber sie wollte sich nicht wieder von der Maxi ankeifen lassen.
»Ich begleite dich heim«, sagte der Tini.
Schneckenlangsam gingen sie die Straße runter.
Als sie bei Minis Haus waren, fragte der Tini: »Sehen wir uns morgen? Meine Mama kommt sicher erst zu Mittag.«
Die Mini nickte, der Tini sagte: »Aber ohne Keif-Kusine, die stört nur. Treffen wir uns um zehn am Spielplatz.«
Dann sagte er noch: »Aber komm wirklich!« Dabei schaute er so, als ob es für ihn schrecklich wäre, würde Mini morgen nicht in den Park kommen!

»Sicher komme ich«, sagte die Mini.
»Dann tschüss bis morgen, Süße!«
Der Tini klatschte Mini zum Abschied eine Hand auf die Schulter und lief weg.
Mini blieb beim Haustor und schaute ihm nach. Bis er nicht mehr zu sehen war.
Ihre Bauch-Schmetterlinge flatterten gewaltig. Aber das störte sie nicht mehr.
Sie hatte sich schon an sie gewöhnt.

Mini musste nicht an der Wohnungstür klingeln. Die Tür stand offen, in der offenen Tür lehnte der Moritz. Er grinste und fragte: »Lange Latte, hast dir einen Bräutigam zugelegt? Wer ist denn der?«
»Spinnst?«, fauchte Mini den Moritz an und wollte an ihm vorbei. Doch der Moritz gab den Weg nicht frei.
»Ich hab euch vom Fenster aus gesehen.«
Der Moritz kicherte. »Angeschaut habt ihr euch wie Glupschaugen-Kölber!«
»Von oben«, rief die Mini, »kannst du nicht sehen, wie wir geschaut haben!«
Sie boxte den Moritz in den Bauch.
Der Moritz taumelte von der Tür weg.
Dabei war der Boxhieb nicht stark gewesen. Aber der Moritz hatte nicht mit ihm gerechnet.
Die Mini hatte ihn noch nie geboxt.

Der Moritz rief: »Mama, die Mini boxt!«
Die Mama kam aus dem Wohnzimmer.
Die Mini rief: »Weil er widerlich ist!«
»Was hast denn der Mini getan?«, fragte die Mama den Moritz.
Der Moritz greinte: »Ich ihr? Sie mir!«
Die Mama schüttelte den Kopf. »Erzähl keine Märchen, Moritz«, sagte sie.
»Ohne Grund boxt die Mini nicht.«

Die Mini rief: »Idiot, du!«, ging in ihr Zimmer und knallte die Tür hinter sich zu. Bis zum Nachtmahl blieb die Mini in ihrem Zimmer. Sie lag auf dem Bett und überlegte, warum sie sich auf den ersten Blick in den Tini verliebt hatte. Nur weil er wie der Dornröschenprinz aussah und leberblümchenblau schaute? Deswegen kann es nicht sein, dachte sie. In der Schule gibt es fünf Buben, die wie Märchenprinzen aussehen. Jeden Tag sehe ich die. Noch nie habe ich wegen einem Schmetterlinge im Bauch gehabt! Und dumm gestottert. Nicht mal rot im Gesicht werde ich, wenn ich mit ihnen rede! Soviel die Mini auch überlegte, ihr fiel kein vernünftiger Grund für die Liebe auf den ersten Blick ein. Doch dann fiel ihr ein, was die Oma einmal gesagt hatte. Die hatte gesagt:

Da sagte sich die Mini: Die Oma liest jede Woche zwei Liebesromane. Sie kennt sich mit der Liebe aus, und wenn es so ist, wie sie sagt, brauche ich sowieso nicht länger drüber nachdenken. Die Liebe ist halt auf mich gefallen und wehren kann ich mich gegen sie nicht! Beim Nachtmahl fing der Moritz wieder zu stänkern an.

Er fragte den Papa: »Weißt du das Allerneuste?«
»Nein«, sagte der Papa. »Ich erfahre doch immer alles als Allerletzter!«
Der Moritz zeigte auf Mini. »Sie ist mit einem Buben vor dem Haustor gestanden.«
»Na und?«, fragte der Papa.
»Mit einem, der nicht aus der Gegend ist«, sagte der Moritz.
»Na und?«, fragte der Papa. »Darf sie das vielleicht nicht?«
»Wie ein Liebespaar waren sie«, rief der Moritz.
Der Papa murmelte: »Du wirst von Tag zu Tag dümmer, Moritz!«
Die Mama nickte zustimmend und die Mini freute sich solch kluge Eltern zu haben.
Am Abend holte die Mini ihre beste

Hose und ihr Lieblings-T-Shirt aus dem Schrank. Und Socken, die dazu passten. Die Haare wusch sie sich auch. Sie wollte morgen so hübsch wie möglich sein!
Als die Mini am Samstag munter wurde,

regnete es. Mausefellgrau war der Himmel. Nirgendwo war ein bisschen Blau zu sehen!
Sie tröstete sich: Es ist erst sieben Uhr, bis zehn sind es drei Stunden. Da kann sich das Wetter noch ändern!
Das Wetter änderte sich nicht. Im Gegenteil. Zehn Minuten vor zehn Uhr prasselte ein richtiger Wolkenbruch vom Himmel.
Mini ging in die Küche. Zum Papa. Der klopfte Schnitzel. Am Samstag kocht bei Zipfels immer der Papa. Mini sagte zum Papa: »Ich hab ein Problem!«
»Lösen wir im Nu«, sagte der Papa.
»Ich wollte mich um zehn Uhr mit dem Cousin von der Maxi im Park treffen«, sagte die Mini. »Aber bei dem Wetter wird er nicht kommen, oder?«
Der Papa sagte: »Ist doch egal, wer wen

anruft! Übrigens –«, er deutete zum Fenster, »– hat es grad zu regnen aufgehört.«
Mini sah zur Küchenuhr. Zwei Minuten vor zehn Uhr war es. Sie sprang auf, rief »Tschüss« und sauste aus der Küche.
Wenn ich schnell renne, dachte sie, bin ich in fünf Minuten beim Park! Drei Minuten darf man sich ruhig verspäten!
Sie brauchte vier Minuten. Zwei Minuten

nach zehn Uhr war sie auf dem Spielplatz.
Bis zu den Knien war ihre Hose nass und ihre Sandalen waren total eingedreckt. Weil sie durch viele Regenpfützen gerast war.
Weit und breit war keine Menschenseele zu sehen. Mini setzte sich zum Verschnaufen auf die Schaukel und dachte: Er rennt langsamer als ich, er braucht noch zwei, drei Minuten!
Nach zehn Minuten hockte sie noch immer allein auf der Schaukel. Nach elf Minuten fing es zu regnen an. Im Nu war Mini pitschnass.
Drei Minuten warte ich noch, dachte sie. Wenn er dann nicht da ist, gehe ich!
Kaum hatte sie es gedacht, tauchte beim Park-Eingang ein Regenschirm auf.
»Na endlich«, seufzte die Mini.

Dann sah sie, dass unter dem Schirm nicht der Tini sein konnte. Den hielt wer, der viel kleiner war. Und einen Rock trug der Tini auch nicht. Die Maxi war unter dem Schirm! Sie kam zur Schaukel, hielt den Schirm über Mini und sagte: »Dein Papa hat mir gesagt, dass du hier auf den Tini wartest!«
Zuerst wollte die Mini nicht fragen, aber dann tat sie es doch.

»Ach so«, sagte die Mini enttäuscht. Die Maxi sagte: »Anrufen hätte er dich müssen. Dir sagen, dass er nicht kann!«

»Hat er halt vergessen«, sagte die Mini. Die Maxi schaute Mini bekümmert an. »Wieso musst dich grad in so einen miesen Knülch verknallen?«, fragte sie.

Die Mini rief: »Er ist kein mieser Knülch!«
Und fügte zähneklappernd hinzu:
»Verknallt in ihn bin ich auch nicht.«
»Das kannst der Wetti-Tant erzählen!«
Die Maxi zog ihre Jacke aus und legte sie Mini um die Schultern.
»Sieht doch ein Blinder, dass du in ihn verliebt bist.«
Sie zog Mini von der Schaukel. »Wennst schon in einen Deppen verliebt bist, musst nicht auch noch krank werden!«
»Er ist kein Depp«, protestierte Mini.
Aber sie ging trotzdem brav mit der Maxi aus dem Park.
»Ich kenne ihn länger als du«, sagte die Maxi.
»Länger heißt nicht besser«, sagte die Mini.
Die Maxi zuckte mit den Schultern.
»Wenn du meinst –«, murmelte sie.

»Gehen wir zu mir oder zu dir?«, fragte die Maxi, als sie auf die Straße kamen. »Zu dir«, sagte die Mini. Zur Maxi war der Weg kürzer und ihr war schrecklich kalt. Trotz der Jacke, die ihr Maxi umgehängt hatte.

Die Maxi-Mama schlug die Hände über dem Kopf zusammen, als sie Mini sah. Sie rief: »So was von gebadeter Maus!« Sie brachte Mini einen Bademantel und ein Handtuch.

Mini zog sich aus, schlüpfte in den Bademantel und wickelte sich das Handtuch um den Kopf. Die Maxi-Mama sammelte Minis Klamotten ein und steckte sie in den Wäschetrockner.

Mini legte sich im Wohnzimmer aufs Sofa, Maxi breitete eine Decke über ihre Füße. Langsam wurde Mini wieder warm. »Bist du sehr traurig, weil du den Tini nicht mehr gesehen hast?«, fragte die Maxi.

Die Mini nickte.

»Er kommt sicher wieder mal zu uns«, sagte die Maxi.

Die Mini fand es nett, dass die Maxi das gesagt hatte, obwohl sie den Tini nicht mochte. Mir zuliebe bemüht sie sich, dachte sie, kuschelte sich an die Maxi und sagte:

»Vielleicht«, sagte die Maxi.
»Oder soll ich ihm schreiben?«, fragte die Mini. Ihr Papa hatte gesagt, es sei egal, wer wen anruft. Also war es doch auch egal, wer wem einen Brief schrieb!
»Wenn du Lust hast«, sagte die Maxi.
»Dann schreibe ich ihm gleich heute«, sagte die Mini und hatte es plötzlich eilig, heimzukommen.

Den ganzen Nachmittag saß Mini bei ihrem Schreibtisch. Briefe an den Tini schrieb sie.
Keiner gefiel ihr. Alle warf sie in den Papierkorb.
Am Abend beschloss sie: Ich schreibe eine Karte mit ganz wenig Text. Da kann nichts dran falsch sein!
Sie schnitt eine Karte aus Zeichenkarton zurecht und bemalte sie.

Sie steckte die Karte in ein Kuvert und schrieb drauf:
Tini Wurm, Tulln, Landstraße 3 (die Adresse hatte ihr die Maxi gesagt).
Auf die Rückseite des Kuverts schrieb sie ihren Namen und ihre Adresse und drum rum malte sie neun rote Herzen.
Und am Sonntag warf sie das Kuvert in den Postkasten.

Ab Mittwoch fragte Mini jeden Tag, wenn sie von der Schule kam: »Ist Post für mich gekommen?«
»Nein«, antwortete die Mama jeden Tag.
Und die Maxi sagte: »Kränk dich nicht, Mini. Vergiss ihn. Er ist halt ein mieser Kerl.«
Doch am Freitag der nächsten Woche, als Mini heimkam, rief die Mama: »Dein heiß ersehnter Brief ist da!«
Mini wurde knallrot im Gesicht, als sie den Brief sah. Viele rote Herzen waren auf die Vorderseite des Kuverts gemalt, und ebenso viele auf die Rückseite!
Sie flitzte in ihr Zimmer, setzte sich auf ihr Bett und löste vorsichtig die Klappe vom Kuvert. Damit keins der gemalten Herzen zerrissen wurde. Einen supertollen Brief, in Schönschrift, zog sie aus dem Kuvert.

Liebste Mini,

sei nicht böse, dass ich dir jetzt erst schreibe. Ich war nämlich krank. Aber seit gestern habe ich kein Fieber mehr. Wie geht es dir? Schade, dass du nicht in Tulln wohnst. Dann könnten wir jeden Tag zusammen sein und viel Spaß haben. So wie dich habe ich mir eine Freundin immer vorgestellt. Bitte schreibe mir bald zurück. Und schicke mir ein Foto von dir. Damit ich es in die Brieftasche tun kann und dich immer bei mir habe!

Dein Tini,
der jeden Tag hundertmal an dich denkt!

Die Mini las den Brief zehn Mal. Obwohl sie ihn nach dem achten Mal schon auswendig hätte aufsagen können.
Am Nachmittag las sie der Maxi den Tini-Brief vor. Bis auf den letzten Satz! Bei »Dein Tini« hörte sie auf.
Dass der Tini jeden Tag hundertmal an sie dachte, las sie der Maxi nicht vor. Das, fand die Mini, ging nur den Tini und sie etwas an. Das brauchte nicht mal ihre beste Freundin zu wissen!
Die Maxi war vom Tini-Brief beeindruckt. Sie sagte: »Echt wahr, ich habe mich in ihm getäuscht. Daran ist meine Schwester schuld. Die hat immer gesagt, dass der Tini zwar hübsch ist, aber nur Stroh im Kopf hat und ein Ekel ist.«
»Hauptsache, du siehst es jetzt ein«, sagte die Mini. Dann bat sie die Maxi ihr beim Antwort-Brief an den Tini zu

helfen. Die Mini ist eine tolle Rechnerin. Im Schreiben ist sie nicht so gut. Da ist die Maxi besser.
Aber die Maxi wollte der Mini nicht helfen.
Liebesbriefe, sagte sie, müsse man selbst schreiben, die dürfe man sich nicht »ansagen lassen«. Das sah Mini ein.
Sie schrieb den Brief am Abend.

Diesmal fiel der Mini das Schreiben viel leichter. Sie erzählte dem Tini, dass sie im Park auf ihn gewartet habe und pitschnass geworden sei. Und dass sie sich über seinen Brief riesig gefreut habe. Und ob er nicht wenigstens einmal im Monat auf Besuch kommen könne? Sie fragte ihn, was sein Lauf-Training mache, ob er die Schulmeisterschaft schon gewonnen habe und welche Krankheit er gehabt habe. Um ein Foto bat sie ihn auch. Zum Schluss schrieb sie, dass sie sehnsüchtig auf Antwort warte und jede Nacht von ihm träume; was ein bisschen gemogelt war.
Die Mini träumte nämlich nicht in der Nacht, sondern am Tag vom Tini.
Mit offenen Augen! Aber das, fand sie, konnte sie nicht schreiben. Das hätte gar zu »verliebt« geklungen.

Vier Tage später bekam die Mini wieder einen Brief vom Tini. Einen dicken Brief. In einem rosa Kuvert. Mit roten Herzen drauf und Marienkäfern und Blümchen dazwischen.
Vier Seiten lang war der Brief.
Haargenau erzählte der Tini, was er in den letzten vier Tagen gemacht hatte. Die Schulmeisterschaft, schrieb er, habe er nicht gewonnen. Aber das sei nicht wichtig. Er habe ein tolles Buch über Ameisen gelesen! Und beschlossen Insektenforscher zu werden. Weil Insekten sehr »spannend« seien. Und seinem Papa habe er geholfen Ordnung in die Bierdeckel-Sammlung zu bringen. Und für seine Oma zum Geburtstag habe er ganz allein einen Kuchen gebacken. Der sei ein bisschen speckig geworden, habe aber gut geschmeckt.

Dann war im Kuvert noch ein Säckchen aus Stoff. Aus dem zog Mini ein getrocknetes vierblättriges Kleeblatt. Am Stängel vom Kleeblatt baumelte ein kleiner Zettel, auf dem stand:

Die Mini war schrecklich gerührt über das Kleeblatt.

Zuerst wollte sie es in ihre Geldbörse tun. Aber das Kleeblatt sah sehr zerbrechlich aus. In der Geldbörse hätte es leicht zerbröseln können!
So legte sie das Glückskleeblatt in eine kleine Blechschachtel. Auf ein Wattekissen. Und die kleine Blechschachtel legte sie in ihren Kleiderschrank. In das Fach, wo ihre Pullis liegen. Unter den Pulli-Stapel.
Dort, dachte die Mini, ist es in Sicherheit! Da kann ihm nichts passieren!
Aber dann dachte sie: Einen Glücksbringer muss man doch immer bei sich tragen! Wenn er im Schrank liegt, kann er einen ja nicht beschützen!
Also nahm sie die kleine Blechschachtel wieder aus dem Schrank, holte sich aus dem Schreibtisch vom Papa zwei harte Visitenkarten, legte das Kleeblatt

zwischen die zwei Karten und verklebte die Kartenränder ganz fest mit Isolierband. Dreimal rundherum. So war das Glückskleeblatt auch in der Geldbörse sicher und gut aufgehoben.
Dann ging die Mini in die Bücherei.
Ein Buch über Ameisen wollte sie sich ausleihen.
Weil der Tini Ameisen »spannend« fand, wollte sich die Mini auch mit Ameisen anfreunden. Und sich nicht mehr vor ihnen ekeln, sondern sie »spannend« finden.
Aber in der Bücherei gab es leider kein Ameisen-Buch für Kinder. Die Bibliothekarin versprach Mini, eines zu besorgen.
»In einer Woche«, sagte sie, »könnte es da sein, wenn du Glück hast.«

Und die Mini dachte:

Drei Wochen lang bekam die Mini jeden Dienstag und Freitag einen Brief vom Tini. Jeden Mittwoch und Samstag warf sie einen Brief an ihn in den Postkasten. Alles, was sie erlebten, erzählten sie einander in den Briefen. Mit jedem Brief lernte die Mini den Tini besser kennen! Und sie war sich ganz sicher: Einen liebenswerteren Buben gibt es auf der ganzen Welt nicht! Und die Maxi gab ihr Recht. Las ihr Mini aus den Briefen vor, sagte sie: »Er ist echt toll. Tut mir Leid, dass ich ihn nur angekeift habe.«
Die Mini sagte drauf: »Weil du ihn angekeift hast, hat er dir nichts von sich erzählt. Drum hast du nicht gemerkt, wie er wirklich ist!«
Dann, an einem Montag, kam die Mini zur Maxi. Und als sie in die Küche ging, um der Maxi-Mama »Guten Tag« zu

sagen, sah sie auf dem Tisch eine Karte liegen. Auf die Karte war ein Bub gemalt. Mit einer Rose in der Hand. Darunter stand: ALLES GUTE ZUM GEBURTSTAG, LIEBE TANTE!
Die Mini erkannte die Schrift und sagte zur Maxi-Mama: »Der Tini hat dir geschrieben!«

»Vom Luki?« Die Mini nahm die Karte in die Hand und drehte sie um. Auf der Rückseite der Karte stand:

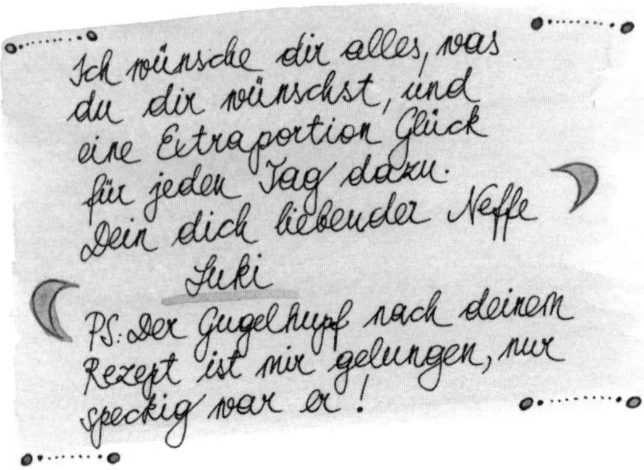

Die Mini sagte: »Aber der Tini hat die Karte für seinen Bruder geschrieben.«
Die Maxi-Mama lachte. »Wie kommst du darauf?«, fragte sie. »Der und schreiben? Für den Luki? Der Tini schreibt freiwillig keine Silbe! Er hat eine Schrift, dass einer Sau graust, und kein Wort kriegt er ohne Rechtschreibfehler hin.«
Die Mini starrte auf die Karte. Lange.
Dann rief sie: »Maxi! Maxi! Maxi!«
Und das hörte sich an, als ob sie um Hilfe rufen würde.

Die Maxi kam in die Küche gerannt.
»Was hast du denn?«, fragte sie.
Die Mini hielt ihr die Karte hin und fragte:
»Hast du diese Karte gesehen?«
»Nein«, sagte die Maxi und nahm die Karte in die Hand. Sie starrte auch lange drauf.
Dann sagte sie sehr, sehr langsam:
»Entweder – haben der Tini und der Luki – die gleiche Schrift – oder –«
»Oder?«, fragte die Mini. Weiß wie ein frisch gewaschenes Leintuch war ihr Gesicht.
»Oder die Briefe sind vom Luki«, sagte die Maxi.
Die Mini griff in die Hosentasche und zog den Brief heraus, den sie am Freitag bekommen hatte. Eindeutig! Wer die Karte geschrieben hatte, hatte auch den Brief geschrieben!

»Vielleicht«, sagte die Maxi, »hat der Tini die Briefe dem Luki diktiert.«
Die Maxi-Mama rief: »Ich weiß nicht, worum es geht. Aber der Tini ist seit Wochen bei der Oma in Salzburg und kann dem Luki in Tulln keine Briefe diktieren!«
Die Mini war fix und fertig! Sie ließ sich auf einen Küchenstuhl plumpsen.

Die Maxi und die Maxi-Mama gingen aus der Küche, sie wollten nicht stören.
Lang saß die Mini allein in der Küche.
Schließlich war ihr klar: Ich war in einen verliebt, den es nicht gibt. In einen, der außen der Tini und innen der Luki ist!
Und weil es den nicht gibt, kann ich auch nicht mehr verliebt sein!
Dann ging sie heim und schrieb dem Luki einen Brief. Einen Freundschaftsbrief, keinen Liebesbrief.
Sie schrieb, dass er von nun an nicht »Dein Tini«, sondern »Dein Luki« schreiben solle. Von »Sehnsucht« und »Träumen« schrieb sie nichts mehr. Und dass sie schrecklich gern wieder mit ihm um die Wette laufen würde, schrieb sie klarerweise auch nicht.
Und als der Moritz in ihr Zimmer kam

und kichernd fragte, ob sie schon wieder einen Liebesbrief schreibe, legte sie die Füllfeder weg, seufzte tief und sagte:

dtv junior

Lesespaß mit MINI

MINI muss in die Schule
ISBN 3-423-**75051**-0 Ab 6

MINI trifft den Weihnachtsmann
ISBN 3-423-**70497**-7 Ab 7

MINI erlebt einen Krimi
ISBN 3-423-**70557**-4 Ab 7

MINI und Mauz
ISBN 3-423-**70599**-X
Ab 7

MINI ist die Größte
ISBN 3-423-**70600**-7
Ab 7

MINI ist verliebt
ISBN 3-423-**70749**-6
Ab 7

MINI fährt ans Meer / MINI als Hausfrau
ISBN 3-423-**70364**-4
Ab 8

ISBN 3-423-**70749**-6

Lesen lernen mit dem Lesebären

Band 7584

Band 75049

Paul zieht mit seinen Eltern aufs Land. So müssen sich Susi und Paul, in Wien einstmals dicke Schulfreunde, jetzt schreiben. Susi und Paul schildern sich in lustigen und originellen Briefen ihre Erlebnisse und Freuden, aber auch ihre Sorgen und Nöte. Und wenn Worte nicht ausreichen, helfen witzige kleine Zeichnungen, das Gesagte zu untermalen.

Band 7577

dtv junior

dtv junior

Astrid Lindgren

Rasmus, Pontus und der Schwertschlucker
dtv junior 7005 Ab 10

Madita
dtv junior 7021 Ab 8

Kerstin und ich
dtv junior 7358 Ab 12

Nils Karlsson-Däumling
dtv junior Lesebär 7553 Ab 6

Die Kinder aus Bullerbü
dtv junior 70722 Ab 8

Kati in Amerika, Italien, Paris
dtv junior 70729 Ab 12

Madita und Pims
dtv junior 70735 Ab 8

Das entschwundene Land
dtv 20575